GW00750467

L'assassin
habite à côté

Mini Syros Polar

Couverture illustrée par Benjamin Adam

ISBN : 978-2-74-851536-7
© Syros, 1995
© 2014 Éditions SYROS, Sejer,
25, avenue Pierre-de-Coubertin, 75013 Paris

L'assassin habite à côté

Florence Dutruc-Rosset

1

J'aimerais vous poser une question : est-ce que vous avez déjà eu peur, très peur ? Parce que moi, il y a quelques semaines, j'ai eu la trouille de ma vie.

Bien sûr, tout le monde a peur de descendre tout seul à la cave ou de se retrouver nez à nez avec une grosse araignée velue ! Mais moi, je vous parle de la vraie peur, celle qui vous fait trembler les genoux et claquer des dents… Aïe, aïe, aïe! Rien que d'y repenser, ça me glace le sang!

Tout a commencé le jour où un homme est venu s'installer dans la maison d'à côté. C'était un événement parce que la maison est abandonnée depuis des années.

Les murs sont devenus tout gris, tout tristes. À certains endroits, il y a même de la moisissure. De grosses toiles d'araignée pendent du toit. Les volets sont cassés. Ils grincent même quand il n'y a pas de vent.

Tout autour, les mauvaises herbes et les ronces ont tellement poussé qu'elles m'arrivent aux épaules. Je suis sûr qu'il y a des rats et des serpents là-dedans ! Bref, un homme est venu habiter dans cette maison.

Il était habillé tout en noir. Il avait les cheveux longs et gris, comme les murs de la maison. Son visage était tout pâle et il avait des yeux noirs et brillants. Et puis, il m'a paru très grand. Papa a beau dire qu'il n'est pas si grand que ça, moi je suis sûr qu'il mesure deux mètres !

Pendant des semaines, je l'ai observé discrètement, le voisin… Il ne parlait à personne dans le quartier. Parfois, il restait enfermé toute la journée sans ouvrir les volets.

Et quand la nuit tombait, aucune lumière ne brillait chez lui, à part une petite lampe au sous-sol... Je me suis souvent demandé ce qu'il y fabriquait, dans ce sous-sol...

J'avais remarqué qu'il sortait tous les mardis soir. J'ai plusieurs fois eu envie de le suivre, mais quelque chose me disait qu'il valait mieux rester chez moi...

2

Un soir, j'ai été témoin d'une chose abominable. C'était un soir du mois dernier. Maman m'avait demandé d'aller chercher Mozart dans le jardin. Mozart, c'est mon chat.

J'étais en train d'agiter des feuilles par terre pour attirer Mozart quand, tout à coup, j'ai aperçu le voisin qui rentrait chez lui. Je me suis caché derrière un arbre.

Mince alors, il n'était pas seul ! Une dame l'accompagnait. C'était bien la première fois qu'il recevait quelqu'un chez lui. Ils sont entrés dans la maison, j'ai entendu la porte claquer et puis plus rien. Je me suis remis à la recherche de Mozart…

Soudain, j'ai entendu un hurlement terrible. Un cri d'horreur… le cri d'une femme qu'on égorge ! Mon cœur s'est arrêté de battre. Ce cri résonnait dans ma tête. C'était affreux ! Aucun doute, ce cri venait du sous-sol de mon voisin…

J'ai été pris de panique et j'ai couru jusqu'à la maison. Mozart a détalé lui aussi. Il est arrivé avant moi dans le salon. Mon cœur battait la chamade. Je suis monté directement dans ma chambre. J'avais du mal à respirer. Et là, j'ai regardé par la fenêtre. Il y avait de la lumière au sous-sol…

J'ai attendu longtemps. Je voulais voir ce qui allait se passer. Je voulais voir la dame sortir de la maison, rentrer chez elle. Je voulais être sûr qu'il ne lui était rien arrivé… Subitement, la porte de la maison s'est ouverte. J'ai retenu mon souffle. Pourvu que…

Non ! Ce n'était pas vrai, ce n'était pas possible ! C'était trop horrible ! Le voisin portait une blouse avec plein de taches dégoulinantes et il traînait derrière lui un énorme sac-poubelle qui semblait être très lourd… aussi lourd qu'un être humain !

Je rêvais ! C'était impossible que mon voisin fût un assassin. Il n'avait pas tué cette pauvre femme. Elle était sûrement sortie par une autre porte.

Mais non, je n'avais pas quitté la maison des yeux ! Peut-être que mon voisin se débarrassait tout simplement de ses ordures !

Mais alors, pourquoi avait-il une blouse pleine de taches… comme du sang ? Tout ça était vraiment abominable !

Il fallait que je prévienne mes parents le plus vite possible. Eux, ils sauraient. Je suis descendu dans le salon et je leur ai tout raconté en bafouillant. Quand j'ai commencé à parler de la poubelle, maman m'a coupé la parole. Elle est devenue toute rouge et elle s'est tournée vers mon père en levant les yeux au ciel.

– Ton fils est complètement intoxiqué par la télé. Toute cette violence des séries américaines… Évidemment, il y a des cadavres à la pelle… Ça lui monte à la tête.

J'ai essayé de lui expliquer que je n'avais rien inventé, que c'était la vérité. Mais papa s'est levé, m'a regardé droit dans les yeux et m'a dit :

– À partir de demain, plus de télé les jours de semaine. Uniquement le week-end. Allez, monte te coucher maintenant !

Alors là, j'étais dégoûté. Non seulement personne ne me croyait mais en plus j'étais privé de télé.

Et tout ça à cause de mon voisin de malheur...

Je suis retourné dans ma chambre, j'avais envie de pleurer. Je me suis jeté sur mon lit et j'ai écouté mon iPod, en mettant le volume à fond.

3

Le lendemain, je n'avais qu'une idée en tête : voir Totor.

Totor, c'est mon meilleur copain. Maman dit qu'il n'a pas une bonne influence sur moi, que c'est un mauvais élève et qu'il est toujours prêt à faire des bêtises. Oui, c'est vrai ! Mais c'est justement pour ça que c'est mon copain !

À la récré, j'ai pris Totor entre quatre yeux, et je lui ai raconté toute l'histoire. La dame, le cri, la blouse, le sac-poubelle : TOUT. Totor n'en revenait pas. Pour lui, ça ne faisait pas un pli : mon voisin était un fou dangereux, évadé de prison, qui découpait les gens en morceaux.

Je lui ai dit :

– Totor, tu ne crois pas que tu y vas un peu fort ! Après tout, ce sont peut-être des coïncidences !

Il m'a répondu :

– Des coïncidences ! Mais tu rêves ! Écoute-moi. Cette femme savait tout sur ton voisin. Elle voulait le dénoncer à la police. Alors lui, il l'attire chez lui, il la tue, la découpe en morceaux et la jette aux ordures. Le crime parfait ! Ce type est un monstre !

Alors là, ça m'a fait frémir. Les explications de Totor collaient parfaitement à ce que j'avais vu. Maintenant, c'était sûr, mon voisin était un assassin, un malade assoiffé de sang. Il fallait faire quelque chose. J'ai proposé :

– Et si on prévenait la police ?

Totor m'a regardé, l'air ébahi :

– La police ! Mais t'es dingue ! Tu veux être la prochaine victime de ton voisin ou quoi ?

Klurps ! J'ai avalé ma salive de travers. L'idée de finir en morceaux dans un sac-poubelle ne me réjouissait pas vraiment.

J'en avais même des sueurs froides le long du dos.

Totor a ajouté :

– J'ai une meilleure idée ! Tu veux être sûr que ton voisin est un meurtrier ? Tu veux des preuves ? Alors, il n'y a qu'une seule solution…

Je n'osais penser à la fin de sa phrase. Mais elle est tombée comme un couperet.

– … aller chez lui inspecter son sous-sol de plus près !

Aïe ! Ce que je redoutais le plus ! Et impossible de me défiler…

Alors voilà. Totor et moi, on avait décidé d'entrer en cachette dans la maison qui me faisait le plus peur au monde…

4

vec Totor, on avait tout prévu. Notre expédition aurait lieu le mardi suivant. J'avais réussi un coup de maître : maman avait accepté que Totor dorme à la maison. Comme j'avais eu un 14 en maths, ça n'avait pas été très dur. En plus, le lendemain, c'était le premier jour de la fête foraine.

J'avais donc dit à maman que Totor et moi, on irait tôt le matin.

Tout semblait marcher comme sur des roulettes. J'avais presque oublié ma peur. Malheureusement, elle est vite revenue le jour J.

Le mardi soir, à table, je n'ai pas ouvert la bouche. C'était Totor qui racontait sa vie et maman qui essayait de le convaincre de travailler en classe. Moi, je pensais :

« Vivement demain, que tout soit fini ! »

Après le repas, Totor et moi, on a fait semblant d'aller se coucher. On a enfilé notre pyjama, on a dit bonsoir à tout le monde, gentiment, et on est montés dans ma chambre. Là, sans bruit, on s'est rhabillés et on a attendu que papa et maman aillent dormir.

On n'arrêtait pas de regarder par la fenêtre pour être sûrs que l'Assassin partirait, comme tous les mardis soir.

À un moment, le voisin est sorti. Il a fermé sa porte à clé. Il est monté dans sa voiture. Et il a disparu au coin de la rue.

« Le chemin est libre ! » m'a murmuré Totor.

Moi, j'ai préféré ne rien dire sinon ma voix aurait trembloté. Totor avait apporté des tas de trucs dans son sac à dos : une lampe de poche, une corde, des

gants de jardinage, une loupe, des tour-
nevis, un appareil photo…

Je lui ai demandé :

– À quoi ça sert tout ça, Totor ?

– Je n'en sais rien, moi. Mais un grand
détective doit toujours avoir du matériel
sur lui !

Quand il n'y a plus eu aucun bruit dans
la maison, Totor et moi, on est descendus
sur la pointe des pieds. On a ouvert déli-
catement la porte d'entrée et on s'est
faufilés dans le jardin.

La nuit était vraiment sombre.

J'avais beau chercher la lune pour
me rassurer, je ne la trouvais pas.
Mince, une nuit sans lune : c'était bien
ma veine ! Je suivais Totor qui avait l'air

d'un fantôme noir. Il a allumé la lampe de poche et s'est enfoncé dans les hautes herbes, celles qui grouillent de rats et de serpents… Je faisais une grimace horrible chaque fois que je posais le pied par terre. J'étais persuadé que j'allais écraser quelque chose de gluant. De toute façon, j'étais bien obligé d'avancer. Je n'allais pas rester là, en plein milieu de cette forêt vierge !

Au bout d'un moment, on est arrivés devant la porte d'entrée de l'Assassin. Totor m'a dit :

– Même pas besoin de mon matériel ! Il y a un carreau cassé. On n'a qu'à passer la main et ouvrir la porte-fenêtre de l'intérieur. J'ai vu ça dans les films !

Et, en un clin d'œil, on s'est retrouvés chez l'Assassin. Ça sentait le renfermé là-dedans et il faisait aussi froid que dehors. Totor m'a mis la lampe de poche dans les mains et m'a dit :

– Prends ça, je ferme la porte ! Toi, tu n'as qu'à chercher le sous-sol !

Il faisait noir dans cette pièce, très noir. J'ai bougé la lampe de poche dans tous les sens pour inspecter le moindre recoin.

Et si l'Assassin était là ? S'il était revenu sans bruit pour nous piéger ? S'il était dans le fauteuil… LÀ ? Ou allongé par terre, prêt à s'agripper à nos jambes ? Ou derrière moi ?

À ce moment-là, une main s'est posée sur mon épaule. J'ai poussé un hurlement. Je me suis retourné, prêt à m'évanouir. C'était Totor !

– C'est moi, gros trouillard ! Allez, avance, faut pas traîner !

Je me suis enfoncé dans le noir, guidé par le mince filet de lumière de ma lampe de poche. Tout à coup, j'ai aperçu un escalier. C'était le passage qui menait au sous-sol…

J'ai hésité un instant : « Et si on trouvait des cadavres… »

Totor m'a poussé dans l'escalier. Je suis descendu comme un automate. J'avais une grosse boule dans l'estomac. Au bas des marches, il y avait une porte.

C'était là!

Peut-être que, si je l'ouvrais, un monstre allait me sauter dessus et me déchiqueter en morceaux.

Mais peut-être aussi qu'on n'allait rien trouver… que ce serait une pièce banale… Mais oui! Totor et moi, on avait eu trop d'imagination. Derrière cette porte, il y aurait sûrement un bureau et quelques livres bien rangés.

J'ai ouvert la porte d'un coup sec. Et là, dans le halo de ma lampe : HORREUR! il y avait une boîte remplie d'yeux. Des yeux ronds comme des billes qui nous regardaient… Et à côté, un squelette…

Un squelette pendu au plafond ! J'ai lâché la lampe en hurlant. Totor a déguerpi en moins de deux. On criait comme des fous. On est sortis aussi vite que l'éclair. On a couru dans les hautes herbes sans se retourner.

Et on est rentrés à la maison, complètement terrorisés.

5

L e lendemain, c'était mercredi, le jour de la fête foraine. Totor et moi, on n'avait pas fermé l'œil de la nuit. On avait grelotté sous notre couette sans se dire un mot.

Maman est venue dans notre chambre de bonne heure. Elle croyait qu'on serait fous de joie à l'idée de retrouver les autos tamponneuses et les montagnes russes. Mais nous, on n'avait pas du tout envie d'y aller. On avait même un peu mal au cœur.

À la fête foraine, on a erré comme deux zombies. On passait devant les attractions, le regard dans le vague. Et puis, soudain, j'ai aperçu un grand type avec un costume noir. Ça m'a fait comme un coup dans la poitrine. Je l'ai regardé de plus près : l'Assassin !

Il était là, à la fête foraine. Il était sûrement à la recherche d'une nouvelle victime… Quelle horreur ! Il parlait avec la dame qui vendait les billets pour le train-fantôme. C'était peut-être elle, la prochaine sur la liste…

Totor m'a pris par le bras et m'a entraîné vers eux.

J'ai crié :

– Mais tu es fou, c'est trop dangereux !

Totor m'a répondu :

– Écoute. L'Assassin ne nous a jamais vus. Il ne nous connaît pas. Ne t'inquiète pas, nous ne risquons rien !

Nous avons fait la queue pour le train-fantôme. Je n'osais pas regarder l'Assassin. Mais quand est arrivé notre tour de prendre les billets, j'ai été bien obligé. Et alors là… j'ai cru que j'avais une hallucination.

C'était une revenante qui me tendait mon billet ! La dame découpée en morceaux, jetée dans un sac-poubelle était là, en chair et en os!

Elle discutait avec l'Assassin!

Alors là, je n'y comprenais plus rien! Je n'ai pas eu le temps de ranger les idées qui s'entrechoquaient dans ma tête. Un type nous a installés, Totor et moi, dans un wagonnet et on a commencé le parcours du train-fantôme.

Il faisait tout noir et il y avait de drôles de bruits: des craquements bizarres, des cris d'animaux… Tout à coup, une chauve-souris nous a frôlé les cheveux. Totor et moi, après tout ce qu'on avait vécu, on n'allait pas être impressionnés par un simple spectacle ! Le wagonnet avançait de plus en plus vite.

À un moment, Dracula nous a barré le passage. Il était drôlement bien fait ! Il avait deux dents de vampire et du sang qui dégoulinait sur son menton. Beurk ! Totor et moi, on était morts de rire.

Et puis, la sorcière est apparue. C'est là que j'ai eu un choc. Elle poussait exactement le même cri que celui que j'avais entendu dans le jardin, le soir du crime. Je l'aurais reconnu entre mille !

Un peu plus loin, un squelette est tombé du plafond. Exactement le même squelette que dans le sous-sol de l'Assassin.

Totor et moi, on s'est regardés en même temps. On venait de tout comprendre.

Quand on est sortis du train-fantôme, mon voisin est venu vers moi. Il m'a dit :

– Je te reconnais, toi. T'es mon voisin, non ? Je te vois passer tous les jours.

J'ai bredouillé :

– Euh… Je… Je…

– Ça vous a plu mon train-fantôme ? Allez, madame Rose, donnez-leur deux places gratuites !

Alors là, Totor et moi, on n'en revenait pas.

6

Mon voisin, il est génial ! Depuis la fête foraine, je suis sans arrêt chez lui. D'ailleurs, je trouve que ça ne sent pas du tout le renfermé. D'accord, il n'ouvre pas souvent les volets, mais c'est parce qu'il travaille tout le temps. Son sous-sol, c'est une vraie caverne d'Ali Baba. Il y a des monstres fabuleux. Ils sont tellement bien faits qu'on dirait des vrais.

En ce moment, mon voisin, il est en train de faire la tête de Frankenstein. Il lui a fait un visage en plastique avec des tas de cicatrices. Il lui a mis des yeux noirs et une perruque. Maintenant, il le maquille pour le rendre encore plus affreux. Au fait, sa blouse de travail, elle est encore plus tachée de près que de loin. Il y a de la peinture rouge, bleue, verte…

Et ce n'est pas tout ! Mon voisin, il a un super-appareil pour enregistrer des sons. Il fait des essais de cris pour les films d'horreur.

Je n'ai jamais osé lui avouer que je l'avais pris pour un assassin. Il me prendrait pour un dingue ! Ce qui est marrant, c'est qu'il m'a plusieurs fois demandé de sortir ses sacs-poubelles. Qu'est-ce qu'ils sont lourds ! Si vous saviez ce qu'il y a dedans... Des morceaux de plâtre !

En tout cas, ce qui est super, c'est que la semaine prochaine, Totor et moi, on commence notre stage. Mon voisin veut bien nous apprendre son métier. J'ai hâte de m'y mettre ! J'imagine déjà la tête de maman quand elle verra Dracula dans son placard...

L'auteur

Florence Dutruc-Rosset est auteur et journaliste pour la jeunesse. Elle a fait des études de lettres et de cinéma. Elle a un faible pour les énigmes, surtout quand elle arrive à les résoudre... Elle a écrit une autre histoire policière, *Cambrioleur au grand cœur*, chez Casterman et quinze petits romans dans la collection « C'est la vie Lulu », chez Bayard. Son pire cauchemar ? Vivre juste à côté d'un assassin... Heureusement, pour s'en sortir, elle a de l'imagination !

Dans la collection
« Mini Syros Polar »

Qui a volé la main de Charles Perrault ?
Claudine Aubrun

Qui veut débarbouiller Picasso ?
Claudine Aubrun

Avec de l'ail et du beurre
Claire Cantais

Crime caramels
Jean-Loup Craipeau

Le Chat de Tigali
Didier Daeninckx
(Sélectionné par le ministère de l'Éducation nationale)

Cœur de pierre
Philippe Dorin

L'Assassin habite à côté
Florence Dutruc-Rosset

Aubagne la galère
Hector Hugo